Duodez

Ein altes Bauern-Sprichwort sagt:

Einmaol lachen
helpet bäter
as dreimaol Medizin nöhmen!

Bibliografische Information der Deutschen Bibliothek
Die Deutsche Bibliothek verzeichnet diese Publikation in der Deutschen Nationalbibliografie; detaillierte bibliografische Daten sind im Internet über http://dnb.ddb.de abrufbar.

Zeichnungen von Fritz Jaspert

---

9. Auflage 2006
Gesamtherstellung: Albert Matzow GmbH, Hameln
Printed in Germany
ISBN 978-3-87766-042-3
ISBN 3-87766-042-8

Duodez
von
Hermann Löns

Duodez

Eine köstliche Satire auf die deutsche Kleinstaaterei! — Hermann Löns, als Redakteur von Hannover nach Bückeburg berufen, hoffte in der Stille der kleinen schaumburg-lippischen Residenz reiche Muße zu dichterischem Schaffen, Förderung und Anregung zu finden. Seine Erwartungen wurden enttäuscht. Der temperamentvolle Dichter, eigenwillig, allem Zwang feind, aller erstarrten Form abhold, geriet sehr bald in schroffen Gegensatz zu dem einesteils recht kleinbürgerlichen, andererseits hochfeudalen, ganz auf das höfische Leben ausgerichteten Bückeburg, fühlte sich unverstanden und verletzt und schied grollend. Er rächte sich und schrieb „Duodez", eine scharf geschliffene Satire, in der er die Schale seines bissigen Spottes über das schöne Schaumburg-Lippe ausgoß, das an sich ganz und gar unschuldig war an der bitteren Enttäuschung, die Löns gerade hier erlebte. Er hätte, wäre er in eine andere kleine Residenz verschlagen worden, wahrscheinlich genau die gleiche Erfahrung gemacht, denn der unruhevolle, originelle Dichter, der als Mensch wie als Künstler nur mit eigenem Maße zu messen und sich nicht einzuordnen gesonnen war, der vielmehr rücksichtslos sein Leben auf seine Weise zu leben gedachte—er hätte sich nirgendwo eingefügt, weder in kleinbürgerliche Enge noch in eine vom höfischen Zeremoniell diktierte Gesellschaft, sondern wäre immer ein störender Fremdling gewesen, ein „Hecht im Karpfenteich". Unser Dichter und die Zeit, in die er hineingeboren war, paßten eben nicht zusammen. Er geißelte sie in einer ihrer typischen Erscheinungsformen und schonte sie nicht. „Duodez" ist eben, weil die Satire den Kleinstaat nicht als Einzelerscheinung, sondern als Typ treffsicher karikiert, in seiner Art beinahe klassisch zu nennen, und wenn wir aussondern, was als Ausfluß des gekränkten Selbstgefühls zu werten ist, haben wir heute immer noch Freude an der Art, wie Löns die schon damals nicht mehr ganz zeitgemäße, bereits unter die Räder der politischen Entwicklung geratene duodezfürstliche Herrlichkeit abtat.

Wenn man von Köln nach Berlin fährt, dann erblickt man kurz hinter Minden plötzlich blau, weiß und rot angestrichene Grenzpfähle, und wenn man seine Reisegefährten fragt: „Was ist denn das?", so erhält man die Antwort: „Ach, das war eben Schaumburg-Lippe."

Das Fürstentum ist nämlich sehr klein, doch wird seine Kleinheit von böswilligen Leuten vielfach stark vergrößert. So ist zum Beispiel nicht wahr, daß alle Kegelbahnen im Lande gekrümmt seien, weil sie sonst innerhalb der Landesgrenzen keinen

Platz finden würden, auch ist es eine üble Nachrede, daß der Fürst in seinem Hauptjagdrevier, dem Schaumburger Walde, immer nur der Länge nach schieße, aus Angst, andernfalls königl.-preußische Untertanen im Kreise Minden anzubleien. Dagegen ist es Tatsache, daß man vor der Residenzstadt, die den ebenso schönen wie ungemein treffenden Namen Bückeburg führt, nach keiner Richtung über eine Stunde weit gehen kann, ohne sich im Aus-

lande, das heißt in Preußen, zu befinden, und dasselbe ist bei der zweiten Stadt des kaum fünfundvierzigtausend Einwohner zählenden souveränen Fürstentums, Stadthagen, der Fall.

Schaumburg-Lippe gilt als ein sehr schönes Ländchen, und zwar mit vollem Recht, denn man kann von da aus sehr schöne Fußwanderungen in die benachbarten zu Preußen gehörigen Berge, den Bückeberg und das Weserge-

birge machen, vorausgesetzt, daß man sich um die schaumburg-lippischen Einsprengsel darin herumzudrücken weiß. Denn in dem Fürstentum sind alle Wälder bis auf einige kleine Bauernbüsche fürstliches Privateigentum, das man außerhalb der öffentlichen Wege nicht betreten darf, damit die fürstlichen Sauen, Hirsche, Rehe, Hasen und Fasanen nicht vergrämt werden und in das rund herum gelegene Ausland wandern. Man kann sich aber leicht zurechtfinden. Wo Touristenzeichen und Wegweiser sind, da ist man in Preußen, wo nur Warnungstafeln stehen, ist Schaumburg-Lippe.

Außer den Warnungstafeln, die die hauptsächlichste Sehenswürdigkeit des Landes bilden, denn auf keinem Fleck der Erde gibt es so viele auf so wenig Land, ist die zweitbedeutendste die Geflügelzuchtanstalt des Prinzen Hermann, von boshaften Leuten Geflügelunzuchtanstalt genannt, denn seitdem es seiner hochfürstlichen Durchlaucht nicht gelang, Hühner in Landesfarben, Wasserpfauen und krähende Enten zu züchten, ist es ihm gelungen, dadurch, daß er allen Rassen die vollkommene Promiskuität in Gnaden gewährte, die edelsten Schläge in wenigen Generationen wieder zum

einfachen Durchschnittslandhuhn zurückzuführen, ein Verfahren das in der Hühnerzucht einzig dasteht. Fernere Sehenswürdigkeiten sind ein Hofsozialdemokrat, zwei Hofzwerge und unzählige Hoflieferantenschilder. Mag ein Kaufmann oder Gewerbetreibender es noch so geschickt anstellen, Hoflieferant wird er doch, ob er nun will oder nicht, und dann hat er die Freude, diese Bezeichnung über seiner Tür anzubringen, und den Schmerz, daß der Hof seine

Einkäufe größtenteils in Minden, Hannover oder Berlin deckt, und die Hofgesellschaft nicht minder. Das geschieht nun weniger, um die preußischen Finanzen zu kräftigen, sondern um zu verhindern, daß zwischen den Einkommensverhältnissen der Geschäftsleute und denen der Beamten eine zu gähnende Kluft entstehe und also auf beiden Seiten eine Genügsamkeit erhalten bleibe. — Aber nicht nur in wirtschaftlicher, sondern auch in geistiger und gesell-

schaftlicher Hinsicht herrscht im Fürstentum ein bekömmlicher und zu keinerlei Aufregung führender Durchschnitt. Wie es als unfein gilt, vermögender zu sein als der Nebenmensch, so wird es für taktlos gehalten, bezieht man geistig ein höheres Einkommen als der Durchschnitt. Zur Zeit Friedrichs des Großen war es freilich anders, denn damals herrschte im Lande der Graf Wilhelm, ein Sonderling durch und durch. Nicht nur verjuxte er nicht, wie seine Vorfahren, viel Geld und brachte das Fürstentum in Schulden, auch wirtschaftete er nicht, wie seine Nachfahren, soviel Geld aus dem

Lande heraus, wie es eben ging, so daß der Fürst von Schaumburg-Lippe heute der reichste Reichsfürst ist, nein, komisch aber wahr, sein ganzes Bestreben ging darauf hinaus, seine Untertanen nach jeder Richtung zu fördern und in seiner Residenz ein höheres Geistesleben zu schaffen. Soweit ging dieser sonderbare Herr darin, daß er einen Geistesriesen wie Herder an den Hof berief, was jedoch diesem noch jenem auf die Dauer gut bekam. Heute begeht man keine solchen Mißgriffe mehr. Man sorgt im Gegenteil dafür, jeden Menschen, der mehr kann oder weiß als es Landesbrauch ist, bei Zeiten

los zu werden oder als komische Figur in den Hintergrund zu stoppen. Dieser Standpunkt ist sehr berechtigt, denn in ein Duodezland passen keine Geister von Quart-, ja noch nicht einmal von Oktavformat, von Folioausgaben gänzlich zu schweigen. So trägt denn das geistige Leben des Ländchens vollkommen das Gepräge eines ehrbaren und würdevollen Unterdurchschnittes, gepaart mit einer unerschütterlichen und in sich gefestigten Langweiligkeit.—

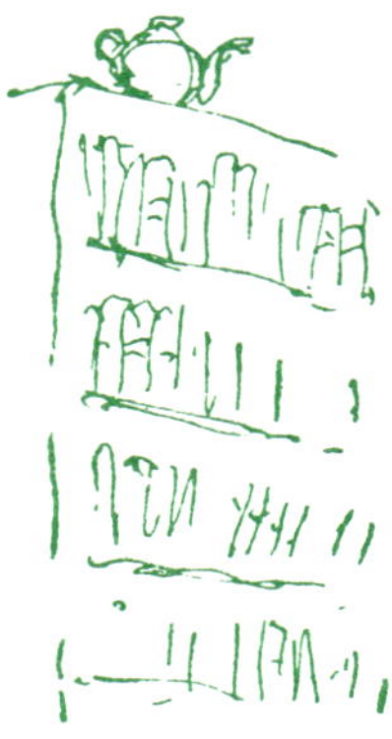

Das merkt man sofort, hat man das Glück, zu der besseren Gesellschaft gehören zu müssen. Selbst auf den reichsten Geist und die feurigste Seele wirkt das Leben in ihr bald wie eine Mast- und Liegekur. Sobald ein Mensch ein Jahr in ihr verlebt hat, fühlt er eine wohltätige Abspannung im Gehirne, die ihn mit lächelndem Gleichmute allem gegenüber erfüllt, was irgendwie über die Grenzen des ortsüblichen Auffassungsvermögens hinausgeht.

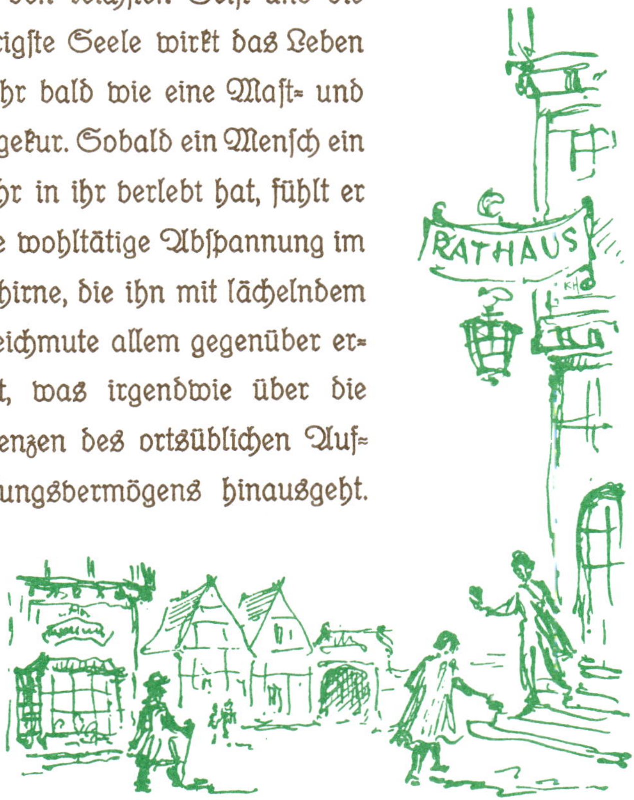

Er besucht das Kasino und den Wanderabendschoppen der akademisch gebildeten Gesellschaft, nimmt an zwölf bis vierundzwanzig Gesellschaften teil, die alle um sieben Uhr beginnen und Schlag elf endigen und sich so ähneln, wie eine Zigarre aus derselben Kiste der anderen, und gewöhnt sich allmählich daran, einen Wasserleitungsrohrbruch auf der Langenstraße wichtiger zu finden, als Wehrvorlage und ähnliche Nebensächlichkeiten.

Bald ist er so weit, daß er am Fernsprecher dienert, hat er die Ehre, mit der Hofkammer oder dem

Hofmarschallamte verbunden zu sein, auf dreißig Schritt Front zu machen, wenn die Amme mit ihrem fünf Jahre alten durchlauchtigsten Prinzeßchen angefahren kommt, es für vollkommen in Ordnung zu halten, daß die fürstlichen Beamten ihre Ruhegehälter und die fürstlichen Untertanen ihren Weihnachtshasen auf dem Gnadenwege bekommen, und als wirklicher, ordentlicher Mensch erscheint ihm nur der, der einen schaumburgisch-lippischen Orden besitzt. Er liest die dem Fürsten gehörende und von einem Hofkammerrate beoberaufsichtigte Landeszeitung, entrüstet sich, wenn

das Stadthagener Wochenblatt sich erkühnt, im Briefkasten die allmächtige Hofkammer anzuöden, geht im Sommer nach dem fürstlichen Bad Eilsen und lauscht den etwas abgelagerten Weisen der fürstlichen Kapelle, kommt sich selbst wie verraten und verkauft vor, hat er in der benachbarten Großstadt Minden zu tun, deren Trubel ihn betäubt, fährt nie ohne seine Gattin nach Hannover, aus Angst, man könnte annehmen, er wollte sich dort dem Laster hin-

geben, und gewöhnt sich daran, selbst zu sich selber und im Schlaf kein Wort zu sagen, was irgend Anstoß erregen könnte. Das tut man in Bückeburg nämlich sehr leicht. Wer, ohne ein Prinz zu sein, ungeplättete Hosen trägt, gilt als ein Geck. Wer im Winter nach dem Bad Eilsen geht und dort Kaffee trinkt, ist ein Verschwender. Wer im Gespräch Dinge, von denen man in guter Gesellschaft nicht spricht und über die die Landeszeitung nicht be-

richten darf, erwähnt, wie z. B. den Haldenbrand des fürstlichen Bergwerks, durch den ganz Stadthagen verstänkert wird, oder die Sperrung der schönsten Wege im Harrlwalde, dem einzigen Spaziergange der Bückeburger, die unzeitgemäßen Baulichkeiten des fürstlichen Bades Eilsen, das von dem preußischen Bad Nenndorf völlig überflügelt wird, oder was sonst ist, der stößt auf eiskalte Gesichter und verschlossene Lippen, niemand prostet ihn mehr an, und erledigt ist er.

Wie streng der Grundsatz, nirgendwo anzustoßen, in der hoffähigen Gesellschaft durchgeführt wird,

das sieht man daraus, daß weibliche Schönheit in ihr als unzulässig gilt, und daß man kaum in ihr eine Dame antrifft, die durch äußere Reize einem Mann gefährlich werden könnte. Macht aber einmal ein junges Mädchen in dieser Hinsicht einen schüchternen Versuch, so sorgt die Bückeburger Mode dafür, daß er mißlingt. Denn es gibt eine eigene Kleidermode in der Residenz, nämlich die, die in den benachbarten Großstädten wie Minden, Oehnhausen, Wunstorf und Rinteln bereits abgelegt ist. Drei Jahre muß nämlich alles Neue, so auch die Mode, vor Bückeburg in Quarantäne

liegen, ehe sie erkannt wird. Da nun die jungen Herren von Bückeburg zum Teil mit den dortigen Verhältnissen wenig zufrieden sind und sich deshalb solche in Minden, Oehnhausen oder Hannover zulegen und auf diese Weise Gelegenheit zu vergleichenden Forschungen haben, die meist nicht zu Gunsten der Damen der Residenz ausfallen, so ist es klar, daß das stark abflauend auf den Ehemarkt wirkt, weshalb der Prozentsatz später Mädchen dort recht

groß ist. Das hat aber das Gute, daß sich aus ihnen eine freiwillige, geheime, aber sicher und scharf arbeitende Sittenpolizei gebildet hat, die dafür sorgt, daß Jugendfrische für verdächtig und Hübschigkeit für anrüchig gehalten wird, und so befleißigt sich alles, was das Unglück hat, dahin zu neigen, in Kleidung und Benehmen so zu sein, daß der Verkehr zwischen Herren und Damen für die einen kein Vergnügen und für die andern kein rechter Genuß ist.

Einst war das anders, als die hochselige Gräfin Juliane, von der man ebenfalls nicht sprechen darf, noch lebte, und zwar so ausgiebig wie möglich, war das Leben heiter und fröhlich in der Residenz, ging doch Schön-Julchen mit den besten Beispielen voran. Nachdem der Tod so zuvorkommend war, sie von ihrem standesgemäßen Ehekrüppel zu befreien, ließ sie sich flugs einen äußerst stattlichen und strammen Forstmeister an das linke Bein trauen, dem sie mehrere Kinder schenkte, die sie stets in taktvoller Weise in Paris zur Welt brachte. Nachdem sie sie dort leidlich versorgt und noch besser gegraft

hatte, kehrte sie dann erleichtert zu ihrem schönen Forstmeister und den anderen Belustigungen der Residenz zurück. Dazu gehörten besonders Maskenbälle, zu denen alles befohlen wurde, was jung, schön und der Liebe nicht abgeneigt war, und bei denen es durchaus nicht schaumburg-lippisch zuging. Zu einem dieser Zauberfeste erschien Adam mit seinem Evchen am Arme, beide in streng vorschriftsmäßiger Paradieshoftoilette, nämlich, wie der Chronist meldet, „mit nichts anderem als ihrer Unschuld bekleidet". So etwas kann heute nicht mehr bei Hofe vorkommen und das ist ein wahrer

Segen. Wer zum ersten Male einen Hofball mitmacht, der könnte annehmen, das vorschriftsmäßige tiefe Dekolleté vertrüge sich nicht mit der hochgradigen Sittlichkeit der Residenz. Das ist ein Irrtum, denn nichts wirkt sittlicher als ein Busenausschnitt, dem weiter nichts fehlt als das, was er eigentlich zeigen soll, der dagegen die Forderungen der antiken Tragödie, Furcht und Mitleid zu erwecken, auf das beste erfüllt.

Da das gewöhnliche Volk von Schaumburg-Lippe noch nicht so gebildet ist, um sich dem guten Ton der besseren Kreise anzupassen und die körperliche Schönheit als unfein abzugewöhnen, so wird von oben dafür gesorgt, daß sie nicht allzu sehr auffallen, denn in den Schlössern ist der weiblichen Dienerschaft das Tragen der kleidsamen farbenprächtigen Landestracht nicht gestattet, und so gewöhnt sie sich das Landesvolk immer mehr ab. Das ist auch ein

wahrer Segen, denn wenn ein Mann, der nicht schon ein ganz verhutzeltes Herz hat, zum erstenmal nach Bückeburg kommt, so weiß er wahrhaftig nicht, wo er mit seinen zwei beiden Augen, dem Herzen usw. bleiben soll, sieht er die entzückenden blondhaarigen, rotbäckigen, dickarmigen Mägde über die Straßen wippen, so daß die hellkirschroten, schwarzgeblümten, meist sehr gut gefüllten Unter-röckchen nur so fliegen und hübsch bestrumpfte und äußerst treffliche Waden enthüllen, oder wenn er an Markttagen an der Langenstraße die Bauern-frauen mit ihren Butterkörben stehen sieht, eine

immer schöner im Gesicht als die andere. Der Herr aus der hoffähigen Gesellschaft sieht das freilich nicht oder tut wenigstens so, denn wer anders handelt, der ist unten durch.

Wem das aber gleich ist, der besuche sonntags ein Tanzfest in Petzen, Scheie, Klein-Eilsen oder sonstwo, oder mache das Bergfest auf der Sülte bei Sülbeck mit, oder fahre zum Herbstmarkt nach Minden, wo er alle drei Schaumburg-Lipper Trachten auf einmal sieht, die Bückeburger, die Friller und die Lindhorster, oder er lasse das lieber bleiben, weil er sich das Herz hierbei auf lebensgefährliche

Weise verknacksen kann, denn soviele bildschöne Mädchen und Frauen, und noch dazu so bunt und prächtig gekleidet, und so verdeubelt gesund und so unchristlich verliebt Aussehende bekommt er nirgendwo zu sehen, und es wird ihm ganz blaublümerant vor den Augen, wird der Achttourige getanzt, und die Bengels schmeißen die Maikes so hoch, daß erst das, was in den Röcken ist, herunterkommt und erst dann diese selbst.

Abgesehen von dieser Gefahr, der man sehr leicht aus dem Wege gehen kann, läßt es sich in Bücke- burg sehr ruhig leben, besonders, wenn man zur Gesellschaft gehört, und kann man es dort zu einem sehr hohen Alter bringen, der ein- zige Sport, der dort getrieben wird. Das kommt daher, daß dort noch viel mehr als anderswo die Bejahrtheit herrscht, weswegen sich die Jugend beizeiten schon eine gewisse pensionsfähige Würde aneignet, um nicht peinlich aufzu-

fallen. So merken die alten Leute weniger als anderswo, daß sie alt werden und werden deshalb schrecklich alt.

Man wird dort freilich sehr schnell alt, aber man bleibt es auch lange. Deshalb ist es allen Leuten, die weiter nichts vom Dasein verlangen, auf das Angelegentlichste zu empfehlen, sich dort niederzulassen und ein stilles Leben zu führen, ein Leben in Duodez.

Karikatur auf die zahlreichen binnendeutschen Zollgrenzen aus den vierziger Jahren des 19. Jahrhunderts.

„Sie sehen, Herr Gränzwächter, daß ich nix zu verzolle hab', denn was hinte auf'm Wagen ist, hat die Lippische Gränz noch nit überschritten, in der Mitt' ist nix, und was vorn drauf is, ist schon wieder über die Lippische Gränz drüben."

Hermann Löns

Westfale von Herkunft, zufällig in Westpreußen geboren, aus Neigung Niedersachse, lieber Jäger und Bauer als Städter, mehr Naturfreund als Naturwissenschaftler, von Beruf Journalist, aus Berufung Dichter, begabt mit fast seherischem Blick für die Nöte seiner Zeit und kommende Verwicklungen und deshalb Rufer und Mahner, nicht gehört und nicht erkannt, vielseitig interessiert, aufgeschlossen für Geschichte und Volkskunde, Meister der Sprache, im Persönlichen eigenwillig und beharrlich, aber ein innerlich zerrissener, zwiespältiger, mit sich selbst nicht und mit seiner Zeit noch weniger zufriedener, im tiefsten Grunde unerfüllter und unglücklicher Mensch, unter den Vielen ein ganz Einsamer — das war Hermann Löns.

Geboren wurde er am 28. August 1866 im westpreußischen Culm an der Weichsel, wo sein Vater die erste Stelle als Oberlehrer erhalten hatte. Aber seine Eltern kamen aus Westfalen. Der Vater Fritz Löns stammte aus Bochum, Clara Cramer, die Mutter, aus der alten Bischofsstadt Paderborn. Aufgewachsen ist Hermann Löns in Deutsch-Krone. Die Niederung der Brahe bildete seine Neigung zur Landschaft des Bruches und der Heide heraus, deren begeisterter Schilderer er später, als er in der niedersächsischen Ebene seine Heimat gesucht und gefunden hatte, geworden ist. Hier lernte er in unberührter Natur Tiere und Pflanzen des Ödlandes lieben, und was von seinem Urgroßvater mütterlicherseits, der alten Exzellenz Moritz

Bachmann, her in ihm an Begabungen schlummerte, begann, sich Bahn zu brechen: Der Drang zur Erforschung der Natur, die Kunst des Schilderns und der dichterischen Formung des Erlebten und Geschauten. Schon hier ging er der strengen Erziehung des Vaters zum Trotz eigene Wege. 1884 siedelte er mit der Familie nach Münster über und bestand hier die Reifeprüfung. Seiner Neigung zur Naturwissenschaft entsprechend studierte er Medizin und Mathematik, brach dann aber eigenwillig mit allem, was ihm vorgezeichnet war, und wurde Journalist. Er ging nach Niedersachsen, war von 1893 bis 1907 an verschiedenen hannoverschen Zeitungen tätig und redigierte von 1898 bis 1901 die Zeitschrift „Niedersachsen". Von 1907 bis 1909 lebte er in Bückeburg, von 1912 bie 1914 als freier Schriftsteller in Hannover. Bei Ausbruch des ersten Weltkrieges meldete er sich als Freiwilliger. Am 26. September 1914 schon fiel er bei Reims. Seine Gebeine wurden nach dem Kriege heimgeholt und mitten in seiner geliebten Lüneburger Heide in der Nähe von Tietlingen bei Fallingbostel zur letzten Ruhe gebettet.

Die weiten Heiden Niedersachsens, seine Bruchwälder und Moore waren das Land, in dem der Unruhige Ruhe und Erfüllung fand, in dem er zu sich selbst kam. Hier wurde der Spottlustige, der in seinen Plaudereien das öffentliche Leben Hannovers oft mit bissiger Satire, oft mit drastischem Humor glossierte, zu dem großen Tier- und Landschaftsschilderer, der mit naturwissenschaftlich geschultem, unbestechlich scharfem Blick die Tier- und Pflanzenwelt des freien Landes durchforschte und die Landschaft, die er schwärmerisch liebte, in wundervollen Schilderungen darstellte. Seine Sammelbände, die Natur- und Jagdskizzen in großer Zahl vereinen, „Mein braunes Buch", „Mein grünes Buch", „Mein buntes Buch", „Auf der Wildbahn". „Kraut und Lot", „Da draußen vor dem Tore", „Aus Wald und Heide", „Mümmelmann" und andere sind sein Bekenntnis zur Natur und Einsamkeit. Alle seine Gedichte und Romane entwuchsen ebenfalls dem Boden Niedersachsens. Seine lyrischen Gedichte – „Mein goldenes Buch" – muten an wie uralte Volkslieder, seine in dem Bande „Mein blaues Buch" zusammengefaßten Balladen verraten eine starke Begabung auch in dieser Kunstform der Poesie. Die Menschen des niedersächsischen Flachlandes aber werden in ihrer ganzen knorrigen Eigenart lebendig in den großen Romanen „Der letzte Hansbur", „Dahinten in der Heide", „Der Wehrwolf" und „Die Häuser von Ohlenhof". „Das zweite Gesicht", oft eine bekenntnishafte Darstellung seiner Zeit genannt, zeigt dennoch wie die anderen Romane die tiefe Verwurzelung des Dichters im Niederdeutschen und enthält feinste Darstellungen des Landschafts- und Volkscharakters Niedersachsens. Ist Hermann Löns im engeren Sinne als Heimatdichter zu betrachten, so ragt er doch als Persönlichkeit entschieden hervor.

ZOLL